KB046870

병상에서

the second

홍경일 목사 두 번째 시집

병상에서

삼원서원

서문

시는 하늘이 주신 은혜의 자리다. 시는 은혜를 살아가는 내 삶의 흔적이다. 2015년 5월 이후 지난 3년의 삶은 참 힘든 시간들이었다.

네 번의 병상 생활과 이후 계속되어야 하는 투병 생활은 지금도 여전히 쉽지 않다. 힘든 투병 생활에 내 가던 길 놓고 싶었던 순간들이 한두 번이 아니다. 그럼에도나, 아직 이 길을 가고 있음은 오직 내 주인 되신 하나님의 은혜다. 날 기억하고 염려하며 기도해 준 많은 이들을 통해 베푸신 은혜다.

하늘의 은혜가 있었기에 고마움을 알았고 소망을 놓지 않았다. 그리고 여전히, 지금도 소망 중에 버티고 견디어 내며 살아가고 있다.

나의 두 번째 시집은 그 은혜를 살아가며 굵은 연필로 새긴 은혜의 흔적이다.

문득 두 번째 시집을 내며 떠오르는 얼굴이 있다.

지난해 이 땅에서의 삶을 다하고, 하늘의 부르심을 입고 떠나간 내 친구, 고 서인원 목사다.

멀리 있어 자주 볼 수 없었던 친구였지만 SNS를 통해 소식을 전하며, 함께 병상에서의 삶을 나눌 수 있었다. 언젠가 그 친구에게 마음담은 시 한 편을 선물했는데 그에 대한 답서를 보내왔었다.

두 번째 시집을 내면서 친구가 보낸 글을 서문에 담아 본다. …… 경험칙으로 알게 된 것은 시는 아무나 쓰는 것이 아니라는 사실이다. 시를 쓴다는 것은 영혼의 깊은 샘물을 길어 올리는 고귀한 일이기 때문이다.

영혼의 성찰, 세상에 대한 사랑, 자연을 향한 경외심 그리고 마음의 여백이 시가 빚어지는 물레가 되고 가마가 된다. 덧붙여 바른 심성과 단정한 생활 그리고 아름다운 언어의 습관들이 동아줄이 되어 영혼의 우물터에 드리워진 두레박을 끌어 올리는 도구가 될 수 있다. 그렇기 때문에 시를 노래하는 사람은 곁에 있는 사람에게까지 선하고 아름다운 에너지를 나누어 준다.

어디선가 읽은 멋진 '시인예찬'으로 답서를 대신한다. "하늘과 바다와 산과 강과 숲들을 보라. 그것들은 자신의 가슴 안에 많은 목숨들을 키운다. 사람 중에서도 하늘과 바다와 산과 강과 숲들처럼 자기의 가슴 안에 많은 목숨들을 키우는 존재들이 있다. 우리는 그 존재들을 시인이라고 부른다."

2018년 6월
북한강이 흐르는 화천에서

C O N T E N T S

C O N T E N T S

제3부 추억의 그림자

제4부 하늘을 바라며

C O N T E N T S

제1부
병상에서

/

병상에서

그런 것 같습니다
여기 이렇게 있으니
왠지 마음 하나
비워지는 것 같습니다
이런저런 생각들 덜어지고
하늘 한 번 더 바람만이……

그런 것 같습니다
홀로 있음에
또 누군가 그리워지고
한 번 더 생각나게 됩니다
님들이 있음에 의지가 되고
알게 됩니다 왜 행복한지……

그런 것 같습니다
분명 혼자임에도
귓가엔 정겨운 소리가
따뜻한 울림이 되어 들려옵니다

혼자가 아닌
든든한 버팀목이 있음을……

그런 것 같습니다
여기 이곳에 있으니
이 모든 것 하늘 주신 은혜요
축복의 선물임을
또 한 번 알아감에
그저 감사할 뿐임을……

주님은 내게

주님은 내게
소리를 낮추라 하십니다

이것이 내게 주신 하늘의 은혜라 하며
한껏 소리 높여 외쳤습니다
그런데 나의 주님은
소리를 좀 낮추라 하십니다
지금 내 소리 낮추고
지금 내 안에 다가오신
내 주인 되신 그분의 마음
조용히, 좀 들어보라 하십니다

주님은 내게
천천히 오르라 하십니다

늘 바쁜 마음에 쫓기듯
내 안의 나…… 언제부터인지
늘 종종 걸음이었습니다

그런데 나의 주님은
오르는 그길 천천히 가라 하십니다
급한 마음 내려놓고
천천히 숨 좀 고르며, 그분 좀 돌아보며
함께 오르자 하십니다

내 소리를 낮추어 봅니다
나의 주님 그분의 음성
조금씩 들려지니 또 들려지겠지요
내 안에 새겨진 그분의 흔적
쓸어내고 닦아내며 찾을 수 있겠지요

내 걸음 천천히 옮겨 봅니다
걸음 멈추어 숨 고르며
한 번씩 돌아봅니다
그분 바라보니 또 찾아지겠지요
그분의 온기 봄눈 녹듯 느껴지겠지요

부활의 봄

1.
모처럼 열린 봄날의 하늘
들려오는 남녘 소식에
하늘 향한 생명의 열정은
그리 멀지 않은 봄의 부활을 노래한다

죽지 않은 생명이었을까
겨우내 모진 바람 이겨내고
끝까지 그 생명을 살아낸
죽은 자가 아닌 산 자의 열정

아직 포기하지 않은 생명일까
죽음의 계절을 이겨내고
끝까지 그 소중함을 지켜낸
멈출 수 없었던 하늘의 간절함

2.
허락하신 춘풍에
어둠에 숨어 있던 생명들이 깨어난다
허락하신 봄볕에
처박힌 웅크린 몸과 마음을 일으킨다

빨갛게 타오르는
한 그루 나뭇가지
나는 그곳에서 부활을 꿈꾸며
힘차게 박동하는 봄날의 심장을 느낀다

봄의 계절은 하늘 생명을 꿈꾼다
한 생명을 향하신 하늘의 간절함
꽃피워 노래하는 봄날의 주제는
부활을 노래하는 '부활의 봄'이다

또 하루의 아침

병상에서 맞이하는
또 하루의 아침이다
창밖 보이는 것들은
도시의 열정일까
밤새 품어내는 증기
저 멀리 타워에서는
끊임없이 빛의 신호를 보낸다
아픔에 신음하는 이들에게
위로함일까, 아님 질책일까
아마 수고했다 위로함이겠지
아니 아직 다하지 못한 열정에
얼른 일어나라는 재촉이겠지
나는 또 그렇게 재촉하며
열심히 살아가야지
이렇게 앉아 있기에는
부끄럽고 또 아까우니까

할 수 있음에

아침을 깨우는
작은 새들의 우짖는 소리에
작은 마음의 울림을 듣습니다

높디 높은 하늘
내게 주신 작은 소리에 담아
한껏 다 할 수 있음이
참으로 행복하다는 것을……

타오르는 때양볕 아래
힘겹게 꽃피고 향기 내는
작은 꽃들의 울림을 듣습니다

한껏 소리 내어 하늘을 향하고
한껏 소리 내어 감동을 노래하고
한껏 소리 내어 그 사랑을 전함이
비교할 수 없는 축복이라는 것을……

어느 세월의 자리에서도
우뚝 서 있는 한 그루 나무에
내 살아갈 삶의 흔적을 배웁니다

봄 여름 가을 그리고 겨울
변화무쌍한 사계를 살면서도
내 나아갈 길은 하늘이며
그 길에 복종함만이 거룩한 흔적이라는 것을……

어머니

가슴이 아팠습니다
다짐했던 마음도
무너지는 것 같았습니다
어머님의 깊은 탄식에
한 없이
작아질 수밖에 없었습니다

촉촉이 눈가에 젖어든
그 눈물의 의미를 알기에
가만히 다가가
그 품 안아 토닥여 보지만
감히 품에 안을 수 없는
한 없이 큰 사랑이었습니다

못난 자식의 아픔임에도
가슴을 뜯어댑니다
어머니 왜 그러시냐고
위로해 보지만

어머니, 그 이름 앞에선 나
그저 죄인일 뿐입니다

어머님의 고운 얼굴
깊은 골이 지고 말았습니다
어머님의 두 다리
부러질세라 휘청거립니다
그럼에도 더 깊어진 건
자식 향한 멈출 수 없는 사랑입니다

세월이 흘러 언젠가는
그 사랑 갚는다 했지만
어느 세월 속에
그 사랑 다 갚을 수 있을까요
그저 오늘이라 일컫는 동안
한 번 더 전화하고, 찾아가고……
그렇게 살아갈 뿐입니다

고마움의 이유

그래도 내겐 고마움의 이유가 있습니다
그 고마움은 지금 나의 전부가 되었습니다
내게 주어진 오늘이란 시간들은
그저 내가 고마워해야 하는 이유가 되기 때문입니다

밀려오는 죽음의 두려움 그리고 깊은 절망
그런 나의 작은 生 속에 찾아든 것이
오늘에 대한 고마움을 살게 합니다
오늘도 고마운 것은 그저 숨 쉬며 살아갈 수 있음입니다

그래서 그저 숨 잘 쉬고 있음이 고맙다고 말합니다
아니 그런 말하지 말라며 걱정들 하지만
지금 그것만이 내 삶의 자리에 찾아든
하늘의 흔적이기 때문입니다

지금 나로 하여금 숨 쉴 수 있게 하심이 감사요
그 호흡으로 사랑하는 이들 불러 볼 수 있음이 감사요
그 호흡으로 산과 강을 벗할 수 있음이

오늘을 살아가는 내 고마움의 이유랍니다

내겐 무엇과도 바꿀 수 없는 감사가 있습니다
오늘 숨 쉴 수 있어 하늘을 노래할 수 있음이요
내 소리 낮추고 하늘에 귀 기울여
말씀을 전할 수 있음이요
그저 숨 쉬며 기도하고 예수 전함이
고마움의 이유랍니다

삶은 아픔인 게지

사람이 살아간다는 것은
아픔을 살아간다는 게지
밝음을 살아가는 이들에게도
어찌 아픔이 없을까
한낱 미물조차도
아픔을 살아가는데……

아픔이 없는 삶은
아마도 삶이라 할 수는 없는 게지
아픔이 있기에 눈물이 있고
아픔이 있기에 사랑이 있고
아픔이 있기에 슬픔이 있고
아픔이 있기에 기쁨이 있고……

그렇게 아픔을 살고
아픔이 있기에 삶이 있는 게지
아픔이 없는 삶을
삶이라 할 수는 없는 게지

아파해야 삶이고
삶이기에 아픔인 게지

우리, 지금
얼마만큼 아파하고 있을까
그래도 고마운 것은
아픔이 나 살고 있음이기에
오늘을 꿈꾸고 기대하는 것이겠지
그래서 삶은 아픔인 게지……

얼 굴

하하하 웃음 짓는
해맑은 아이들
밝디 밝은 웃음소리에
난 하늘의 소리를 듣는다

동그란 얼굴
동그란 눈동자
동그랗게 웃음 짓는
동그란 입술

처음 세상 만드시며
그리도 바라고 바랬던
그리도 그리고 만들고팠던
하늘의 마음이 아닐까

검은 눈동자 위로
하늘의 사랑은 새겨지고

하하하 웃음 짓는 밝은 미소는
날 향한 간절한 하늘의 바람

미움으로 모나지 말고
사랑하고 또 사랑함으로
둥글둥글 살아가라는
하늘의 거룩한 울림

오늘 난 또 다시
해맑게 웃어주는
아이들 미소에서 그렇게
부끄러움으로 삶을 배운다

제2부
하늘을 사는 그대에게

/

하늘은 사는 그대에게

푸른 하늘 아래
하늘을 사는 그대여

그대를 향한 하늘의 선물일까
말씀을 살고픈 인생의 길일까

잠시 찾은 폭풍은
높고 푸른 하늘을 열고
교회 마당을 수놓으며
알록달록 피어낸 꽃들은
하늘을 살고픈 그대에게
하늘을 속삭여준다

가을을 사는 이에게
무엇이 행복일까

그윽한 커피 한잔
하늘 아래 펼쳐진 꽃길

조용히 그 길 걸으며
감히 하늘을 묵상함이
어찌 행복이지 않을까

하늘을 사는 그대여
그대는 참으로 행복한 사람이로구나
가을을 걷는 그대여
그대에게 행복이 꽃피어 나는구나

그대가 걸어가는 길
그대와 함께하는 인생들
그대를 통해 행복이 묻어나고
하늘을 살아감이
소중한 삶의 행복이기를……

아직은

친구를 찾아 나선 길
하늘은 하얀 수묵화로
가는 길, 축복하고

마주 선 그 자리에
물 밀 듯 밀려오는
그리움과 미안함……

못다 한 사랑의 그리움일까
한 여인의 애달픈 사랑은
한 송이 꽃으로 피어있다

얼마나 많은 사랑을 나누었을까
얼마나 많은 이들이 사랑했을까
잊지 못한 그 사랑의 흔적들……

친구, 하늘 그곳에서 잘 지내고 있겠지
니가 떠나고 남은 빈자리

못다 한 미안함과 그리움만이……

아직은……

그대가 친구이기에

그 어떠함보다 귀한
친구라는 이름의 만남
짧은 만남이었습니다
고귀한 만남이었습니다

친구
그대가 들려준 지난 삶의 흔적들은
때로는 부끄럽게
때로는 어깨 한 번 으쓱해보는
가슴 뭉클한 흔적들입니다

하늘을 살아가며
하늘의 은혜만이 유일한 길임을
절절히 느끼고 또 그렇게 살아가는
한 걸음 또 한 걸음의 흔적들은
먼 훗날, 뒤안길 돌아보며
부끄럽지 않을 친구의 삶이었습니다

쉼의 길을 끝내며
내 터로 돌아가는 지금
하늘의 은혜를 알고
하늘 주신 은혜 속에
오늘도 또 그렇게
하늘을 살아가고자 하는

선한 이웃
그대가 친구이기에
그대가 친구이기에 행복합니다
그대가 친구이기에 웃어봅니다
그대가 내 친구이기에……

그대가 바라보는 그곳

우리 살아가는 인생
무엇을 살고
또 어디를 향할까

분주한 발걸음 멈추고
멈추어 선 그곳에서
저 너머 보이지 않는 그곳으로
내 마음 가득히 담아 보낸다

내 살아 온 뒤안길
벼랑 끝에 서 있음이 얼마일까
아파하고 힘들었던 순간들……
지치고 상함에 울어야 했던 순간들……

그러나 우린 알고 있지
그 벼랑이, 벼랑이 아니었음을
그 끝이, 끝이 아니었음을

그래서…… 우린 또 그렇게
멈추어 선 그곳에서 너머를 향하고
그럼에도 우뚝 서 있는 것이겠지
털고 일어나 그곳을 향하는 것이겠지

친구, 그대가 바라보는 그곳
그렇게 우뚝하게 서서
늘 그대 앞에 계신 그분과 함께
그렇게 또 그렇게 걸어가기를……

한 송이 꽃이기를

한 송이 꽃이기를 바람일까
동무들 떠나간 빈자리에
주홍빛 꽃 한 송이 피어있네

작은 바람 하나 안고
느지막이 찾아 온 나그네
기대치 않은 만남에 미소 짓고

그네들 위한 따스함일까
소담스레 피어 낸 연꽃 한 송이
진홍빛에 더욱 물들어가네

기다림의 행복이었을까
찾아 온 손님 맞은 꽃 한 송이
행복한 고독에 웃음 짓고

끝끝내 다한 그의 삶은
누군가의 마음에 심어져
또 다른 만남을 기약하겠지

천 일 홍

천년을 위한 사랑일까
천일동안 하루하루
깊은 숨을 고르듯
높은 하늘 한 번 바라며
너의 가슴 넓게 펼치우고

하늘빛 담은 사랑일까
너의 한 걸음 너의 한 발자국
마주한 잎새 되어 서로를 바라며
혹여 다칠세라
손 내밀어 타원의 곡선을 그린다

천년을 향한 영원함의 갈망
진홍빛으로 피어낸 천일홍처럼
우리 서로 마주하며 하늘을 만들자
우리 서로 손 내밀어 사랑을 그리자
그리고 한 송이 진홍빛 사랑 꽃을 피우자

하늘에서의 영원을 살아가듯
습하고 눅눅함에 변질은 버리고
진홍빛으로 물들어 천일을 살듯이
변치 않는 사랑 꽃 피어 영원을 사는
우리, 우리 하늘의 사람이기를……

마음의 벤치

우린 그렇게
서로가 쉬어 갈
마음의 벤치가 된다

언제부터일까
낯설었던 얼굴들은 흐트러지고
우린 서로의 마음을 찾아들며
반가움에 웃음 짓고
그저 서로 기대어 쉬어 갈
마음의 벤치 하나 놓아두었다

애쓰며 살아 온 삶의 자리
이런저런 복잡한 일상들
오늘만은 뒤로하고
그저 좋은 만남 속에
마음속 감추었던 이야기들
비비고 기대며 나를 내어준다

우린 서로 그렇게
우리란 이름으로 내어 준
마음이란 벤치에 앉아있다

여기저기 새겨진 흔적들
멋들어지게 인쇄된 활자 아니지만
보일 듯 말 듯
흘려 쓴 낙서 하나
커피 한 잔의 따스함이 묻어난다

집으로 돌아가는 길
하루가 그렇게 흘렀나보다
동그랗게 떠올라 어느새
빨갛게 물들어가는……

우린 그렇게
서로가 쉬어 갈
마음의 벤치가 된다

하늘의 부르심

인생은 하늘의 부르심을 거부할 수가 없다
그저 발버둥 치는 듯 살아가는
우리네들의 세상살이는
오늘도 하늘의 부르심을 입고 살아가는
우리들의 최선인 게다

사막에 피어낸 들꽃들도
가꾸어진 정원에 활짝 피어낸 장미도
깊은 숲 속 이름 없는 야생화도
담벼락을 타고 오르는 담쟁이 넝쿨도
그저 하늘의 부르심을 입고 살아가는 게다

아마 그 친구도 그랬을 게다
수많은 세월 죽음의 사선을 넘나들면서도
오늘 하늘의 부르심을 거부할 수 없었을 게다
외롭고 처절한 투병 생활 속에서도
결코 놓을 수 없었던 건 하늘의 부르심일 게다

오늘 '너의 인생을 살아라'는 여덟 단어
하늘의 부르심을 입어 살고
하늘의 부르심을 입어 떠나 간
우리 사랑했던 친구의 삶이요
우리를 향해 외친 마지막 고백일 게다

그래, 인생은 그런 것일 게다
많고 모자람을 사는 것이 아닌
크고 작음을 사는 것이 아닌
그저 오늘 하늘의 부르심을 입으며
그렇게 하늘의 최선을 살아가는 것일 게다

친구, 잘 가시게
작은 내 마음이야 아직이길 원하지만
그것이 하늘의 부르심인 걸 어쩌겠노
그저 친구 살아 간 그 삶 우리 기억하고
그날, 우리 다시 만날 날을 기약함세

친구야 안녕……

가을이 되서야 벗을 만났다

오랜 벼름 끝에
가을이 되서야 벗을 만났다
차갑게 스며든 바람이
지나온 세월에 상처가 되었나 보다
지나온 외로움이 아픔이 되어
낙엽이 얼룩져 버렸다
지나온 쓸쓸함이 눈물이 되어
낙엽은 메말라 버렸다

오랜 벼름 끝에
가을이 되어서야 벗을 만났다
오랜 기다림일까
만남의 반가움이 가을의 색을 입는다
지나온 세월에 위로가 되어
깊어가는 가을이 마음을 찾아든다
바람에 휘둘려 추락하던 마음은
어느새 서로가 우리가 되고
들꽃 한 송이 피어낸다

떨구어진 시선을 들어
가을을 허락한 하늘을 바라본다

오랜 벼름 끝에
가을이 되서야 벗을 만났다
가을은 그렇게 가을을 찾았고
가을은 그렇게 가을이 되어간다

가을은 그렇게 가을이 되었다
가을은 그렇게 깊어간다

시간을 품은 공간이 되어

한적한 시골길
평창강이 흐르는 곳
생각지 못한 그곳에
도시의 멋스러움이 그려져 있다

섬기고픈 누군가의 손길이
사랑을 담아내는 장인이 되고
시간을 품은 공간이 되어
내 하루의 쉼표로 찾아왔다

커피 볶는 목사
잘 볶아 낸 커피 한 잔의 풍미
시간을 품은 공간이 되어 하얀 꽃으로 피어났다
잠시 쉬어가라 나를 토닥인다

누군가에게 반가움이 되고
또 누군가에게는 여유가 되고
시간을 품은 공간이 되어
쓸쓸한 삶의 무게는 안개 속에 사라져간다

풍 경

자연이 아름다운 것은
사계를 지나는 '풍경'이 있음이고
사람이 아름다운 것은
'만萬'개의 삶이 '만남'이라는
풍경을 이룸이겠지

너와 나 만남 속에 꺼내 놓은
우리들의 이야기
들녘에 피어난 꽃들처럼
쉴 곳 찾는 벗들에
추억이란 쉼터가 되고

벗이라 이름한 우리들
마음과 마음이 모아져
어우러짐의 빛을 비추이니
우정이라 이름하고
만남이란 풍경이 펼쳐진다

지금, 나, 조금은
멀찍이 있음이지만
이미 마음은 그곳에……

‘만남’이란 풍경이여
친구……
벗……
그네들의 어울림 속에
주야장천 하여라

제3부
추억의 그림자

/

추억의 그림자

인생이란
오늘을 살아가며
내일의 추억을 걸어가는 것

오늘을 살아가며
하늘을 소망하고
내일을 걸으며
하늘 아래
진실과 선함이라
말할 수 있다면

우리 오늘 걸어간
삶의 자리는
하늘 아래 하늘을 살아간
하늘의 추억을 걸어가는 것

저기 미소 짓는
작은 조각달이

하늘의 마음 담아
하늘을 바라듯

우리 오늘 걸어가는 이 길이
먼 훗날
우리의 시간
우리의 걸음이
하늘과
그리고 우리가 추억할
하늘을 살아간
추억의 그림자이기를……

구름

뭘 그리고 싶은 걸까

하늘 아래 펼쳐진 하얀 춤사위는
내 두 눈을 유혹하고
덩실덩실 춤추는 영원의 노래에
가만히 내 귀를 기울인다

하늘의 사랑일까

하늘의 선한 손짓 하나에
사모하는 하얀 이야기 들려지고
영원을 살아 갈 우리의 이야기
하얀 춤사위로 하늘을 그려 낸다

하늘 향한 우리의 소망일까

두 손 모아 드리는 진실함의 기도
고마움은 구름 꽃으로 피어나고

저들의 하얀 발짓들 모여
살고픈 하얀 추억의 강 그려 낸다

은혜로 살아가기

우린 하늘 아래
하늘을 살아가야 하는
하늘의 사람들
우리의 어떠함이
감히 하늘을 살아갈 수 있을까
하늘 아래 어떠함도
그분 앞에 정결하다 할 수 없지만
그럼에도 보내신 사랑하심이기에
우린 그 어떠함의 모습으로
하늘의 은혜를 살아가야 하리

우린 어떠함으로 그 은혜를 살아갈까
내 소리에 치우쳐진 메아리가 아닌
그분 말씀하심에 귀 기울이며 살아가는 것
세속으로 가득한 나만의 나가 아닌
문 두드리시며 날 기다리시는
그분을 모시고 함께 살아가는 것

지난날의 허울 좋은 욕심의 삶이 아닌
내 마음 탑탑하지 않아도
오직 그분 때문에 기뻐하고
부끄럽지만 내 손과 발 내어주는 삶

우린 이 어떠함의 은혜를 살아가며
지금 날 사랑하시고, 날 도우시고, 날 구원하시는
우리 주님의 함께하심을 살아감을
오늘 느끼고 그렇게 살아갈 수 있다면
아니 그것이 우리의 믿음이 될 수 있다면
그것이 하늘 아래
우리 주님의 은혜를 살아감이 아닐까

오늘 난
내 소박함의 작은 믿음으로
하늘을 살아감의
그 은혜를 소망해 본다

가족이란

가족이란
그 이름만으로도
아린 가슴 깊숙히
행복이란 두 글자를
깊이 새길 수 있는 이름이겠지요

추운 겨울
시려오는 삶의 무게에
얼어버린 몸이지만
맞잡은 두 손, 내 품 내어주며
시림을 나눌 수 있는 이름이겠지요

따스한 봄바람에
꿈이라는 몽우리에 박수쳐주고
여름, 뜨거운 열풍에 지칠세라
깊은 계곡의 시원함으로
알 듯 모를 듯
그늘이 되는 이름이겠지요

가을의 낙엽들처럼
다가온 이별
그 삶의 순간에도
아프지만 내어주고
슬프지만 좋은 추억에 어리어진
낡아버린 한 장의 가족사진이겠지요

가족이기에 시리고
가족이기에 내어주고
가족이기에 상처 받을까 눈을 감고
가족이기에 모른 척 지나칠 수 없는
그것이 사랑이라 불리우는
가족이란 이름이 아닐까요

봄날의 꽃들과 함께

봄날의 따스함이
온몸을 감싸 도는 좋은 날
한겨울의 추위에도
우직스럽게 버텨대던 대지의 생명들

또 그렇게 예쁜 꽃을 피어
잠들었던 갈색의 땅 아름답게 수놓고
멀리 남녘의 한 친구, 일어나라며
깊은 우정 고이 담아 꽃을 보낸다

미울 정도로 우직한 봄의 꽃이 부러워
삶에 지친 마음 움직여 본다
우직한 봄꽃들에 지고 싶지 않으매
안 진 척하며 거리를 나서본다

이처럼 좋은 봄날
누군가는 꿈을 꾸고, 누군가는 그렇게 살아가고
일곱 색깔 새 옷 입고 다시금 깊은 숨을 들이키겠지

봄날의 꽃들처럼, 다시금 또 한 걸음의 행진을 위해

그리고 여기, 봄날을 살아가는 나
이런저런 생각의 조각들
주저리주저리 흔적으로 남기며
그렇게 봄날을 살아가겠지

마치 하늘을 살아가듯이
또 하루, 우린 그렇게
고마워하고 감사해하며, 또 그렇게
서로를 응원하며 살아가겠지

봄날의 꽃들과 함께……

가을처럼

가을은
하늘이 주시는
삶의 깨달음인가 봅니다

지나온 인생은 돌아보고
다시 주어진 인생길에
착한 마음을 다짐합니다

물들어 버린 산야는
어찌 사는 것이
화려한 인생인지를 보여주고

뒹굴 거리고, 부대끼며
한줌이 되어버린 낙엽들은
무엇이 믿음이며 사랑 희망인지를……

변화무쌍한 자연의 섭리 속에서도
그 푸르름을 잃지 않는 한 그루 소나무는

어떤 것이 진실한 인생인지를 알려줍니다

구석구석 새겨진 하늘의 음성은
부대끼는 잎새들에 울림이 되고
한 나그네 인생 그 가슴을 두드립니다

시공의 한계 속에 사는 작은 존재이지만
시공의 한계 없는 영원을 꿈꾸며
저 가을처럼 살라고 말입니다

한 줌도 되지 못한 인생이지만
또 배우고 외쳐봅니다
저 가을처럼 살자고 말입니다

동 행

깊은 숲을 찾아 걷는다
그 길의 끝자락은 아직 희미할 뿐
그저 묵묵히, 한 걸음씩 조심스레
그렇게 내디디며 걷는다

우리 그 길을 걸으며
나 혼자라 생각할까
우리 걸어가는 그 길엔
여전히 동행하는 숲이 있다

때론 나란히 함께 걷고
때론 내 한 걸음 앞서 가고
때론 저 멀찌감치 앞서 걸으며
어서 오라 손짓한다

때론 어스름한 오솔길
그 길에 홀로 앉아 있을 때면
바람은 슬며시 다가와 손을 얹는다

숲은 사랑함에 미소를 보낸다

숲은 말한다, 그리 발맞추어 감이 인생이라고
그리 내 어깨 내어줌이 인생이라고
그리 서두르지 말고 그저 한 걸음씩 내디디며
여유롭게 가는 것이 인생이라고

깊은 숲을 걸어본다
그 길의 끝자락은 아직 희미할 뿐
하늘이 우릴 부르시는 그 날까지
우린 그렇게 그 길을 걷는다

그래, 하늘을 보고 살아야지

봄을 부르는 2월의 바람이
가슴 깊숙이 스며든다
못내 이룬 겨울의 꿈일까
아니면 찾아오는 봄날의 소망일까
난 바람의 마음을 느끼고 싶다

찾아온 바람에 어깨동무하며
난 지금 이 거리에 서 있다
바람의 짓궂은 장난에
내 머리카락은 휘날리고
바람은 고개 들어 하늘을 보게 한다

하늘을 보지 않고
나 살지는 않은 듯한데
왠지 하늘을 보지 못하고
나 살아온 듯한 이 무거움……
알 수 없는 슬픔에 잠시 잠겨본다

그래, 하늘을 보고 살아야지
그래, 하늘을 보고 살아야
하늘을 살아가는
하늘 가는 길
나 어긋나지 않게 살아가지?

바람은 날 보며
살짝이 미소를 보낸다

우린 늘 길을 찾고

우린 늘 길을 찾는다

어느 가수의 노랫말이 떠오른다
인생은 나그네 길이라 했던가
왔다가 가는 길이라 했던가

잠시 둘레 길을 걸어본다
몇 번이고 가고 오고
그렇게 걸어온 길이다

왠지 오늘은 낯설다
가던 걸음 멈추고
길을 찾아 두리번두리번

아마도 그게
우리 살아가는 삶이요
우리들 인생인 듯하다

찾고, 찾고 또 찾아가고
찾고 찾으며
그렇게 떠나는 길

가만히 '나는 길이라' 했던
그분의 음성을 떠올려본다
그 걸음 없으면 우리 어떻게 살아갈까

우린 늘 그렇게 길을 찾는다

쉼표 카페

따스한 커피 한 잔
잔잔히 흐르는 멜로디
바람에 지친 이들의 삶을 아는가
부딪히는 파도 앞에서
해변의 갈매기들은
여전히 고요 속에 쉼을 찾는다

커피 한 잔 올려진
테이블마다
홀로 있음도
만남 속에 함께 있음도
시름은 피어나는 향기에 사라지고
조용히 찾아드는 여유로움

저 파도가 그러하듯
우리 또한 그러하겠지
저 파도가 그러하듯
우리 그렇게 살아가야겠지

그래도
우리 인생의 시간표 속에
커피 한 잔의 쉼표는 있어야지……

9월

높아만 가는
하늘의 푸름이
가을의 문을 열고
하늘을 좇아 흐르는
푸른 강물은
우리 살아갈 인생의
거울이 된다

우리
어느만큼 걸어왔을까
아니
어떻게 잘 살고는 있는 걸까

심산심곡深山深谷
굽이쳐 흘러내리는
맑고 투명한 저 계곡은
가을을 살아갈 우리에게
간절한 울림이 된다

하늘 아래 다가온
심산深山의 푸르름처럼
가식을 버린 진실함의 가을이고프다
하늘 아래 다가온
심곡深谷의 울림처럼
'어느만큼'이 아닌
'어떻게'를 살아가는
울림의 가을이고프다

높고 푸른 가을하늘 아래
참된 가을의 의미를 살아가는
우리네 인생의 진실함
하늘이 주신 자연의 품 안에서
우린 그렇게
삶의 진리를 배운다

2월의 꿈

떠나야 하는 겨울의 미련일까
보내지 못하는 세월의 아쉬움일까
그네들의 마음 어찌 아셨을까
밤을 지새워 하얀 꽃을 피어냈다

못다 한 꿈은 미련이 되고
붙잡지 못할 시간들은 아쉬움이 되고
그렇게 피고 또 지우고
다함이 없는 삶의 언저리에서
다시금 오늘 그리고 내일을 살아갈
하늘의 은혜를 바란다

밤을 지새워 피어낸 하얀 꽃들은
떠오르는 하늘빛에 스며들었다
삶을 향한 우리네 간절함은
하늘의 신비를 담아 안개꽃이 되었다

삶, 삶, 삶……
그네들이 그리 보여주듯
미련과 아쉬움 벗겨 낼 수 없겠지만
그저……
오늘을 그리 살면 되는 것이겠지
오늘도 하늘의 은혜를 바라면서……

은혜가 흩어갑니다

1.
은혜가 흩어갑니다

하늘 아래
우리네 인생
하늘 주신 그 은혜
힘입어 살라고
은혜가 흩어갑니다

호흡마저, 숨마저
내 할 수 있는 것
아니지만

그럼에도……

내 할 수 있음을
알게 하십니다

2.
은혜가 흩어갑니다

세상 자랑 나 없지만
자랑꺼리
나 있게 하시려
은혜가 흩어갑니다

볼 수 없어
알 수 없어
홀로 선 나인 듯하지만

여전히……
그렇게……
내 곁에 계심
지우지 말라
은혜가 흩어갑니다

제4부

하늘을 바라며

/

하늘을 바라며

하늘을 바라며
하늘을 살아가는
삶이 되게 하소서

봄날의
파릇파릇한 새순들이
겨우내
찬바람 견디어내며
따뜻한
봄의 햇살을 맞이하듯이

하늘이 주신
또 한 날의 삶이
하늘이 주신
기회의 삶임에
오로지 하늘
그 한 길을 걷게 하소서

하루를 살며
하늘을 바라고
하늘을 살아가며
또 하루를 사는
우직스러운
또 한 날이 되게 하시고

봄날의 햇살 아래
새 생명이 움돋고
성스러운 연록을 더해가듯
하늘의 은복 아래
존재의 새로움을 더해가는
봄날의 거룩한 삶이 되게 하소서

태양 아래에 서서

7월의 태양 볕 아래에 서서
불타는 하늘의 열정을 갈구하나이다

오직 한 분
하나님의 그 사랑하심 때문에
우리 주님 하늘의 소명 놓지 않았듯이
나 또한 하늘 주신 그 소명 아래
뜨거운 가슴을 거부하지 않게 하소서

오직 한 영혼
한 생명 살리기 위해 그 끝을 달려가신
주님의 마음을 주소서
멈추지 않는 하늘의 그 사랑하심이
멈추지 않고 내 안에 흐르게 하소서

오직 한 사람
불타는 하늘 아래 세워진 십자가

매달림 속에도 한 점 아끼지 않았던 그 이름
내 가슴속에 아로새겨지게 하소서
오직 예수만이 나의 자랑되게 하소서

오직 예수……
오직 한 영혼……

민들레 홀씨 되어

그 누가 심어 놓았을까
어디로 와서 어떻게 심어졌을까

아무도 기대하지 않는 그곳
너무도 척박하기만 한 그곳에
작은 틈새 비집어 생명의 싹을 내고
노란 꽃 한 송이 피어낸 민들레여

그저 하늘 향해
두 팔을 치켜 든 너의 모습은
오로지 하늘만을 향하고픈
너의 간절함이겠지

그저 하늘만을 향하는
너의 얼굴은
오로지 하늘의 은혜만을 바라는
너의 믿음이겠지

너의 깊음을 앎일까
너의 심연의 소리를 들음일까

너를 향한 하늘의 은총은
어느새 눈물담은 기도의 씨앗이 되고
하나…… 두울…… 손에 손 모아져
주님의 몸 된 교회 위해
하얗게 불꽃 태우는 민들레 홀씨가 되리

하늘이여, 여기 이곳에 당신의 숨을 불어넣으소서
하늘이여, 여기 이곳에 당신의 현존함으로 보이소서
구석구석 당신의 사랑 전하는 복음의 씨앗이 되리이다
한 생명, 한 영혼을 살리는 민들레 홀씨가 되리이다
성령이여, 여기 이곳에 아버지의 마음으로
가득하게 하소서

사랑하고 또 사랑해서

사랑하고 또 사랑해서
하늘이신 그분 이 땅에 오셨네

용서할 수 없었지만
사랑하고 또 사랑해서
용서할 수밖에……
품을 수 없는 미천한 인생
사랑하고 또 사랑해서
내 모습 그대로 품어주셨네

사랑하고 또 사랑해서
하늘이신 그분 빛이 되셨네

무지함에 헤매던 우리 인생
사랑하고 또 사랑해서
세상 어둠 밝히는 새벽별이 되셨고
연약함에 무너지던 우리 인생

사랑하고 또 사랑해서
친히 온기가 되셨네

사랑하고 또 사랑해서
하늘이신 그분 희망이 되셨네

어둠에 갇혀 신음하는 인생
사랑하고 또 사랑해서
고마움의 이유 되셨고
감히 웃을 수 없는 가련한 인생
사랑하고 또 사랑해서
하하하 웃을 수 있는 기쁨의 이유 되셨네

사랑하고 또 사랑해서
하늘이신 그분 하늘길이 되셨네

그저 나 하나에 급급했던 우리들
사랑하고 또 사랑해서

마음 열어 주변 바라보게 하시고
움켜쥐는 것밖에 알지 못한 우리들
사랑하고 또 사랑해서
내어줌의 축복 살게 하시네

사랑하고 또 사랑해서
고마움의 이유요 기쁨의 이유 되시는 주님

사랑하고 또 사랑합니다

그곳에 우뚝 서게 하소서

주여
흔들리지 않게 하소서

여력조차 남지 않은 힘겨운 삶이지만
세찬 해풍에 당당히 맞선 저 절벽처럼
나의 철옹성이 되시는 하나님만 의지하고
그렇게 그곳에 우뚝 서게 하소서

주여
내 뜻과 내 마음을 단련하소서

벼랑 끝에 서 있는 지금 이 순간에서도
대양의 바다조차 그 품에 안으시는
오직 하나님만을 바라게 하소서
하늘 향한 중심을 지켜가게 하소서

주여
그럼에도 말하게 하소서

묶이고 묶여 너무도 모질어진 인생사이지만
그럼에도 주님의 인자하심이 늘 내 앞에 있음에
허망함을 좇지 말게 하소서
오직 감사함으로 주의 기이한 행사를 말하게 하소서

주여
내게 은혜를 베푸시사 새롭게 하소서

힘들고 지쳐버린 내 한 몸이지만
내 눈, 내 주의 영광이 머무는 그곳을 사랑하나이다
내 영혼, 내 생명…… 주님 손에 있사오니
오직 하늘의 은혜로만 새로워지게 하소서

주여
만민 가운데서 찬송하게 하소서

오직 주의 이름, 주의 영광 위해
내 두 발 평탄한 곳으로 인도하소서
풍랑 이는 그곳에서도 주님의 바다에 서게 하소서
바로 그곳에서 나의 여호와 하나님만을 찬송하게 하소서

우리 이리 살면 어떨까

성도여 우리 이리 살면 어떨까

하늘이신 그분의 향기가 되고
점점이 적어나간 그분의 편지가 되고픔은
하늘을 살고자 하는 성도들의 거룩한 꿈
그 꿈 어찌 이루어갈 수 있으랴

높고 높은 하늘이 두루마리가 되고
넓디넓은 바다가 먹물이 되고
성령으로 한 자 한 자 적어 놓으신
말씀만이 영원을 사는 유일함이 아닌가

오직 예수를 배우는 그대들의 간절함은
뿌리 깊은 믿음의 나무가 되고
그분의 흔적을 찾고, 삶으로 옷 입는 우리의 순종은
튼실한 줄기가 되어 좋은 열매를 맺으리
성도여 우리 이리 살면 어떨까

곁눈질하지만 예수만 바라보고
갸우뚱거리지만 예수만 좇고
많고 적은 얼마의 열매인들
우리 예수의 맛난 향기 된다면 어떨까

하루 한 마디쯤 누군가 위해 중보하고
내 쓸 것 있더라도 못한 이 돌아보고
예수 전하는 소리가 되어 선한 울림이 되고
누군가에 따스함이요 작은 희망일 수 있다면

그저 그분의 꿈에 간절함을 담은 우리가 되고
그저 그분의 걸음에 동행하는 우리가 되고
그저 서로를 사랑하고 또 서로를 응원한다면
지금 우린 편지가 되고 하늘의 기쁨이 됨이 아닐까

이런 만남을 주소서

나로 하여금
부끄러이 여기게 하는 만남을 주소서
간절함으로 십자가의 뒤를 따르는
겸손한 주의 사람들을 통해
지금 나의 못남을 돌아보게 하시고
다시금 겸허히 십자가를 지고 가는
오늘의 나를 세워가게 하소서

세상이 자랑이 되는 만남은
버리게 하소서
세상의 영광은
시들어버린 꽃의 영광임을
매일처럼 알게 하시고
오로지 하늘의 영원한 영광
사그라지지 않을 하늘을 좇아 살아가는
신실한 이들과의 만남 속에
하늘 아래 신실한 나를 세워가게 하소서

먼 훗날
주님 앞에 자랑스러운 만남을 주소서
이 땅에서 십자가를 짊어짐이
자랑이 되는 이들을 가까이하며
세상의 영광을 위함이 아니라
오직 한 영혼을 위하여
자기 자신을 불태우는
하늘의 열정을 살아가는 이들을 통해
지금 내 살아가야 하는
삶의 목적을 확인케 하시고
그 자리에 성실한 나를 세워가게 하소서

8월의 기도

이른 아침부터 울어댄
하늘의 뇌성은
삶에 지친 이들을 향한
하늘의 위로일까

시원스레 쏟아내는
하늘의 빗줄기는
열정의 누군가를 위한
아침의 축복일까

슬며시 밝아 온 아침
마음의 창을 열어
아침의 소리에
내 영혼을 채우고

찾아 든 아침에 감사하며
누군가를 위한
간절한 기도

하늘 향해 올리운다

하늘 주신 아침의 소리
그 마음을 찾아들고
쏟아내는 하늘의 빗줄기
온몸에 스며들어

깨끗이 씻어내기를
아픈 상처 치유되기를
온전히 회복되기를
생명이 솟아나기를……

9월의 기도

드높은
그리고 한 없이 푸른 하늘이
9월의 아침을 열고
한 점 흠조차 찾을 수 없는
하늘의 거룩함 아래
그저 겸허함으로
9월의 은혜를 입는다

감히 미천한 인생이
저 하늘을 찾아들 수 있을까
여전히 찾고 찾으며
두드려 가는 인생이지만
하늘을 담아
물결치듯 흘러가는 저 산을 바라보고
무구한 세월이 지나도
묵묵히 그저 하늘 향해 흐르는
저 강을 바라보며
내 작은 마음 모두어 한 걸음 더 내디딜 뿐이다

9월

익어가는 저 들녘이 가을에 응답하듯
희미한 한 점 구름이
산등성이를 넘어 하늘을 찾아들듯
하늘을 담은 푸른 강물이
여전히 하늘을 찾으며 말없이 흘러가듯
우리 다시금 은혜를 찾고
또 은혜를 입으며
하늘이 주신 간절한 소망
뜨겁게 감내해 가는
축복의 9월이길 소원해 본다

민들레

이미 말라버리고
이미 굳어져 버린 그곳
아무것도 기대할 수 없는 척박함에서
당당히 피어나는 노란 꽃 한 송이

저버릴 수 없는 생명의 위대함일까
갈망하는 삶을 향한 용기일까
피고 지는 한 송이 민들레는
지혜를 전하고픈 하늘의 신비

나만의 행복이 아닌
또 누군가의 행복을 위한 기도인가
노란 꽃은 그렇게 사라져 가고
다시 모아진 하얀 기도의 손

그 간절함의 마음을 앎일까
하늘의 은혜 바람이 되고

간절한 소망 바람에 실어
감사함으로 심어지길 기도한다

또 어느 곳, 또 누군가에게
또 어디 이름 모를 어딘가에서
그렇게 척박함을 비집고 나와
고마움으로 부활하기를……

제5부
아침의 노래

/

아침의 노래

아침은
하늘이 주신 선물

밀려나는 어둠에
한때의 그늘임을 알고
깨어나는 아침에
영원한 희망을 품는다

아침은
우리 함께하는 노래

지저귀는 소리에
우리 마음 열고
낡은 벤치에 앉아
하늘의 여유를 담는다

아침은
존재에 대한 깨달음

열려진 아침의 문으로
하늘의 심장을 느끼고
오늘 내 살아갈
또 하루를 찾는다

하늘이 좋아서

하늘이 좋아서
하늘을 본다
하늘을 살고파서
하늘을 품는다

여기저기 뿌려진
하얀 구름에
달콤한 추억을
그려보고

빨갛게 물들어 가는
노을 진 하늘 보며
맛나게 익어가는
하늘의 길을 걷는다

하늘이 좋다
하늘을 살고프다
하얀 구름이 그러하듯……
노을 진 석양이 그러하듯……

흘러가는 구름처럼

파아란 하늘 아래
가득히 채워진 저 구름은
이 땅을 사는 누군가의
간절한 바람이련가

하늘을 가까이 함이
내게 주어진 길이기에
높디높은 하늘을 우러르며
조심스레 한 걸음을 내딛는다

하루를 살며 그렇게
또 한 걸음 내디딜 때면
몸둘 바 몰라
깊음 속에 고개를 조아리지만

흘러가는 구름처럼
하늘 그 길을 걸어간
허다한 무리들……

오늘 하루 난 그 길을 가련다

저 하늘 구름
그렇게 하늘을 살아가듯이
무거움은 비워내고 가벼움은 가득히 채워
오순도순 추억을 걷는 우리를 꿈꾸어 본다

구름은 엄마 품처럼

구름은 하늘 주신 은혜의 나침반인가
오늘도 하늘 주신 바람 타고
손짓하며 흘러간다
하늘 아래 살아가는 우리들
이리저리 곁눈질하지 말고
잘 따라오라 엄마처럼 손짓한다

구름은 하늘가는 축복의 계단인가
층층이 형성된 계단구름은
높고 높은 저 하늘의 삶을 지향한다
하늘 향해, 조심스레, 당당하게
한 걸음 내디뎌보라 응원한다

때론 걸려 넘어지기도 하겠지
때론 그 한 걸음에 힘겨워하기도 하겠지
그래도 다치진 않을 게다
그래도 오래 아파하며 울진 않을 게다
구름은 엄마 품처럼 부드러울테니까

흩어가는 가을에

가을이 흩어갑니다

더 깊은 가을 하늘 그리려고
구름은 푸른 하늘에 흩어가고
혹여 찾아들지 못한 곳 있을까
가을은 바람이 되어
스며들어 흩어갑니다

흩어가는 가을은
그 빛을 다해가는 산과 들녘을 스며들고
마치 색 바랜 한 장의 사진처럼
깊고 찐한 향기를 품어내는
인생이라는 그윽한 차 한 잔을 우려냅니다

가을을 맞은 한 그루의 나무가
스며든 가을에 알록달록
추억이라는 자기의 색을 입고
흩어가는 가을에 동조하며

하나, 둘 낙엽을 떨구어 버리듯

우리, 흩어가는 가을에
찐한 가을을 담아낸
따뜻한 차 한 잔 나누며
추하지 않은 우리의 가을이
하루하루 소담꺼리가 되었으면……

봄날의 오후

봄날의 오후
비 내린 봄날의 하늘은
드리어진 그늘마저
차곡차곡 거두어 가고

하늘 아래 피어난
작고 하얀 꽃들은
움츠렸던 마음에
내 벗이 되어 찾아든다

비 내린 봄날의 오후
하얀 꽃길을 걸으며
찾아든 봄날의 정취에
어느새 행복을 마주하고

흘러가는 깊은 강물이
하늘 비에 젖어들듯
내 마음의 때를 벗고
봄날의 날갯짓에 기대어 본다

꽃을 보고파서

꽃을 보고파서
봄은 찾아오고
봄이 그리워서
꽃은 몽울 짓는다

봄날의 그리움은
안개비로 젖어들고
꽃들의 그리움은
간절함의 몽울로 젖어든다

우리 얼마를 기다렸을까
흐르는 날들 속에
손꼽은 그리움

어김없이 찾아 온
벗들을 기다리며
반가운 마음에
괜한 투정 한 번 부려본다

간절함의 몽울 진 두 손
우리 바람 따라
봄날은 오고 있는 게지

보고픔에 허둥대는 날들
그 기도하는 두 손에
한 송이 꽃은 피고 있는 게지

아침을 여는 행복

밤을 지난 어둠은 사라지고
숲속에 아침이 찾아든다

밤새 내린 비에
세상의 온갖 찌듦은
하나 둘 씻겨가고

짙은 청록의 숲은
자연을 기대어 사는
작은 인생에
새로운 옷을 입히우고

숲의 울림이 되어 들려오는
풀벌레들의 향연은
아무런 생각 않고 기대어 보는
나만의 음악 공간이 된다

지금……

또 하루를 시작하며
깊은 숨을 내쉴 수 있고
홀로 숲속 벤치에 앉아
숲을 기대어 사는

지금……
지금이
내겐 행복이다

제6부
Sand-Art

/

Sand-Art

파란 하늘 아래
하얀 모래가 뿌려졌다
무엇을 그리 그리고픈 걸까
가을의 아침 빛은 당신 손에 붙잡힌
한 자루의 붓이 되고

바삐 달려 온 가을 하늘 아래
널리널리 펼쳐진 당신의 그림은
'후우'하시며 가만가만 내쉬는 당신의 숨결 따라
깨어질까 조심조심 내미신 당신의 손끝 따라
사뿐히 깊숙이 쓰고픈 당신의 이야기가 그려지고

너와 나 우릴 향하신 하늘의 간절함
가을에 담겨진 하늘의 간절한 꿈을 앎일까
가을의 깊음을 담은 푸른 강물은
하얀 물안개 한껏 피어 올리며
저 산 능선에 걸쳐져 당신의 재료가 되고

놓칠세라 헐레벌떡 뛰고 뛰어
가을의 아침을 맞이하는 나
감히 그분의 숨결 기대하며
감히 그분의 손끝 닿기를 꿈꾸며
'Sand-Art' 당신이 쓰고픈 하얀 재료가 되기를……

사려니 숲길

누구를 위한 길일까
어느 누가 그 길을 걸었을까

안개 낀 숲의 신비 속에
알 수 없는 수많은 흔적들……
촉촉이 젖어드는 빗줄기 속에
그렇게 지워지고 또 남겨진다

저 너머 흘러가는 세월 속에
그렇게 지워지고 여기 남겨짐은
한 생명을 씻기고 거룩함으로 인도하는
사려니의 눈물

오늘 난 안개 낀 그 숲길 걸으며
흐르는 눈물에 내 흔적 지워내고
감히 그 신비, 그 거룩함에
내 한 몸 적셔지기를……

산 길

가을의 시작
짙푸른 하늘을 지고
산을 오른다

한 방울의 땀까지도
지금 내딛는
한 걸음에 호흡한다

숲 사이로 스며드는
하늘의 빛줄기는
겸손한 마음에 찾아들고

멈추어진 한 걸음
눈을 들어 하늘을 바라며
깊은 호흡 속에 하늘을 품는다

한 걸음의 수고를 알까
들꽃들의 미소, 노래하는 풀벌레

내 좋은 친구 되어 외롭지 않다

이 가을, 한 걸음을 오르며
나를 비우다 보면
어느새 새로움으로 옷 입고 있겠지

백 로

어쩜 그리도 예쁠까

너의 지난 묵음의 세월이
하늘에 씻기고
검붉게 흐르는 강물 위로
시원스레 던져버려졌구나

하늘 비 맞으며
하늘에 씻기고
넘실거림을 넘어 저 하늘을 나는
순백의 아름다움이여

너의 맑음에
혼탁한 두 눈을 씻기고
너의 밝음에
지친 영혼 빛의 새 옷을 입는다

어쩜 그리도 아름다울까

하늘 비에 씻겨진
순백의 영혼이여
오늘 너는 나의 위로이고
지친 내 영혼의 동반자이리라

물 안 개

물안개
너를 품어버린
하늘의 사랑일까
아니면
하늘 내리신
은총에 대한
너의 응답일까

그윽한 향기처럼
침묵 속에 피어오르는
하얀 물안개는
우리의 시간과 공간을 넘어
내면 깊은 곳
우리의 삶마저
감싸 안는다

하얀 신비에 호흡하며
깊은 영혼으로 응답하는

물안개
너의 숨결이여
내 영혼의 창을 열어
내 영혼을 씻겨내는
작은 물결이어라

하늘을 닮았으리라

깊은 산
골짜기로 흐르는
유리 빛 물줄기는
하늘의 맑음을 닮았으리라

맑은 호흡 속에 감추어진
요동치는 심장의 숨 가쁨은
먼 길 거칠게 달려왔음일 터인데
영혼의 맑음은 더 빛을 발할 뿐이다

아마도 깊고 푸른 저 숲은
저들만의 것이 아님을 아나보다
끊임없이 비워가고
남은 한 방울조차도 흘러 내어준다

스며든 은총 내 것이라 욕심내지 않는다
한 방울 한 방울 솟아내고 흘러
누군가를 위해 허락하고 또 비워냄이
맑음을 사는 저들만의 비밀인가보다

또 그렇게……

하늘은 흘러
맑음을 내리고
맑음은 또 그렇게
맑음을 흘려 보낸다

보여지고, 들려지고
담겨진 손끝에 느껴지고……
나는 그렇게 맑음에 젖어들고
또 맑음을 갈구한다

그리 그곳에
나 서 있음이 미안하다
또 그렇게 묻혀 온 삶의 먼지들
그것만이 나이기에

싫다하지 않는다
해맑게 웃는다
또 그렇게 그 품 내어준다
누군가 그 품에 안겨져 있다

가을 석양

하늘과 바다가 만나는 곳
저 너머 수평선 위로
가을의 태양이 머물러 쉼을 얻는다
만남의 기쁨은 빨간 열기로 물든다

또 하루, 가을을 지나는 그의 삶은
아직 식지 못한 호흡으로
가을 하늘을 빨갛게 물들인다
검푸른 바다는 그 만남에 거칠게 동요한다

거친 파도…… 그 만남에 동요됨은
먹구름 끼고 폭풍우 몰아쳐도
늘 변함없었던 그의 진실을 새겨놓았음이리라
깊고 깊은 심해의 넉넉함으로……

검푸른 바다는 저무는 가을 석양에
그 푸름을 내어준다
거칠게 일렁이는 파도는
잘 살았노라 응원함에 빨갛게 물들어간다

저 가을의 태양은 참 좋은 친구를 두었다
붉게 물든 검푸른 바다도 참 좋은 친구를 두었다
거칠도록 열정을 살고
소리쳐 함께 응원하고……

우리, 우리 함께 그렇게 살자꾸나

길을 걷다가

하늘 아래 길을 걷는다는 것은
지금 하늘의 은혜를 입음을 말한다
어느 누가 은혜 없이 살고 있겠냐마는
스스로에 갇혀진 삶이
하늘을 생각지 못하게 함이 아닐까

그래서일까
길을 걷는 내게
늘 길은 묻는다
지금의 한 걸음이 은혜임을 아는지
지금 길을 걸어가는
그 한 걸음의 소중함을 알고 있냐고

길을 걷다가 숲을 보고
길을 걷다가 하늘을 보고
길을 걷다가 우두커니 앉아
우짖는 새들과 풀벌레 소리에
잠시 쉼을 누리고

길을 걷다가 그 길 끝에 서서
유유히 흐르는 강을 보고

어찌 하늘을 다 담겠냐마는
하늘 아래 그 길을 걸으며
조용히 물음에 답해본다
지금 나, 그 길을 걸으며
하늘을 잊지 않겠노라고

백로들에게

높디높은 하늘의 은혜를 입고
푸르고 푸른 강물을 벗하며
순결의 삶을 사는 백로여

한 세상을 살며
깨끗함을 입어 산다는 것은
자기를 잃어버리지 않는
혼자를 주장하지 않는
더불어 살아감의 흔적이겠지

검은 가마우지, 잿빛 두루미……
함께 어우러져 있어도
너는 언제나 변함이 없구나

순백의 세상 만들려는
들끓는 의로움 아니지만
우리 얽히고, 섥혀 사는 그곳에서
잿빛에 변질되지 않는
순백의 들꽃 하나이고 싶은데……

백로들에게 하얀 삶을 배운다
얽히고 설킨 세상사이지만
하늘의 은총 겸허히 받들고
어우러짐 속에서도
힘차게 날개 짓하며
부활을 사는 것이 그 길임을……

병상에서

발행일 | 2018년 10월 31일

지은이 | 홍경일
펴낸이 | 김영명
펴낸곳 | 삼원서원
주소 _ 강원도 춘천시 동면 거은골길 24
전화 _ 010-3888-3538
이메일 _ kimym88@hanmail.net
등　록 | 제 397-2009-000004호
보급처 | 하늘유통
전화 _ 031-947-7777
팩스 _ 031-947-9753

ISBN | 978-89-968401-7-6 03810

값 **8,000**원

* 잘못된 책은 바꾸어 드립니다.